LES ÉDITIONS Z'AILÉES
22, rue Ste-Anne
C.P. 6033
Ville-Marie (Québec)
J9V 2E9
Téléphone : 819-622-1313
Télécopieur : 819-622-1333
www.zailees.com

DISTRIBUTION
MESSAGERIES DE PRESSE BENJAMIN INC.
101, Henry-Bessemer
Bois-des-Filion (Québec)
J6Z 4S9
Téléphone : 1-800-361-7379

Infographie : Le Reflet I.D. Grafik
Illustration de la page couverture : Mary Racine
Maquette de la couverture : Le Reflet I.D. Grafik
Texte : Amy Lachapelle

Impression : Décembre 2010

Dépôt légal : 2011
Bibliothèque nationale du Québec
Bibliothèque nationale du Canada

ISBN : 978-2-923574-90-5

Imprimé sur papier recyclé.
Les Éditions Z'ailées remercient la SODEC et le
Conseil des Arts du Canada pour l'aide accordée
à leur programme de publication.

Amy Lachapelle

Le monde de Khelia

Onde de choc

Tome 6

Roman

ÉDITIONS
AILÉES

Pour ma belle Roxane,
ma plus fidèle lectrice.

Chapitre 1

Trop chanceuse

Deux mots : hyperactive incontrôlable. Voilà qui décrit très bien mon comportement depuis quatre jours. Soit depuis que mes parents m'ont annoncé LA grande nouvelle. Je n'ose pas me pincer au cas où ce serait un rêve incroyable : je ne veux surtout pas me réveiller! Seulement l'idée que dans environ deux mois je serai dans un avion en direction de la Californie me rend folle dingue. Je suis la fille la plus chanceuse de Sainte-Patrie, du Québec, de la planète! Mes parents sont tellement géniaux de m'envoyer aux États-Unis, chez mon oncle, pour apprendre l'anglais. La plupart des jeunes de mon âge rêvent de ce genre d'occasion et moi, j'ai la chance de le vivre réellement! Trop *cool*-débile-mongol!

Justement, j'en connais une qui souhaite plus que tout vivre cette expérience : mon amie Noémie. Il y a aussi deux mots pour décrire l'attitude de Noémie depuis que je lui ai annoncé la nouvelle : boudeuse tenace.

Je ne savais pas comment lui dire que mes parents m'offraient ce voyage, car je me doutais de sa réaction. Surtout que nous avons dû annuler le voyage scolaire à la fin de l'année auquel elle tenait tant et qui était son initiative. Elle a dû mettre une croix sur son beau projet de quitter le pays pour apprendre l'anglais. J'ai donc mis des gants blancs pour lui apprendre la nouvelle.

Je la connais ma meilleure amie et je sais comment elle peut réagir. Autant elle peut être douce, autant elle peut démontrer un caractère de lion. Mais je n'anticipais pas qu'elle me bouderait aussi longtemps. Je l'avais invitée chez moi pour la soirée et nous avions prévu jouer à des jeux vidéo. Tout s'était bien passé jusqu'à ce que j'aborde le sujet.

Elle m'a craché en plein visage sa jalousie :

- C'est injuste, tu as tout pour toi, Khelia Lanthier Charbonneau.

Elle est devenue beaucoup plus silencieuse après coup et finalement, elle a prétendu qu'elle devait absolument retourner chez elle.

J'ai essayé de l'appeler à plusieurs reprises depuis, mais elle n'a pas daigné me répondre. C'est un peu bébé de sa part parce que même si elle agit ainsi, ça ne changera rien à la situation; je vais partir quand même pour la Californie. Habituellement, nous nous parlons chaque jour. Là, elle ne m'a pas téléphoné une seule fois! Je ne peux quand même pas refuser ce voyage parce que mon amie n'a pas la chance d'y aller. Ce serait ridicule!

Il ne me reste qu'à passer chez elle maintenant pour régler ce conflit, car je ne veux pas que nous soyons en froid. C'est ma meilleure amie.

Le seul choix qu'il me reste, c'est de l'affronter face à face. Je me rends donc de ce pas jusque chez elle. Je n'en peux plus de me torturer l'esprit depuis tout ce temps. Je m'ennuie de jaser avec elle et il ne faut surtout pas que la situation dégénère.

Peu de temps après, je me tiens devant sa porte. Je cogne une fois. Pas de réponse. Bon, allons-y deux fois et plus fort. J'entends des pas, enfin, on m'ouvre!

- Salut, Mimi.

- Allô. Entre.

Je me tortille sur place, je regarde mes chaussures mal lacées. Je n'ose pas trop regarder Noémie dans les yeux en posant ma question.

- Est-ce fini le boudage?

Bon, je sais. Ce n'est pas la meilleure

façon de commencer une conversation, mais au moins, je vais directement au but.

- De quoi parles-tu?

- J'essaie de t'appeler depuis plusieurs jours et tu ne réponds pas à mes appels. Je sais que tu trouves moche que je parte en septembre, mais il faut en revenir! Ça ne donne absolument rien de me bouder ainsi…

- Je t'arrête là! *Primo*, je ne te boude pas, j'ai été sous le choc quelques secondes à peine. *Secundo*, je t'envie, mais je ne suis pas jalouse. *Tertio*, j'étais à l'extérieur de la ville avec mes parents depuis trois jours! Tu « paranoïes », ma chère amie.

Oh! Quand vais-je me dompter une fois pour toutes et retenir ma langue? Encore une fois, je me suis monté un scénario impossible dans ma tête. Mon imagination trop fertile me place encore dans une position inconfortable. Je souris à mon amie, un peu embarrassée. Je suis chanceuse d'avoir une amie aussi compréhensive,

- Allez, entre. Je t'offre un jus.

Pour montrer qu'il n'y a aucun malaise entre nous, elle continue sur le sujet du voyage.

- Et puis, est-ce que tu t'es finalement décidée à parler à Antoine?

Je rougis. Je me sens un peu honteuse. Eh non, je n'ai pas encore annoncé à Antoine que je vais partir à l'automne. Je suis très consciente que je dois le lui apprendre moi-même, car si c'est quelqu'un d'autre qui lui annonce que sa blonde quitte la ville pour trois mois, il sera totalement hors de lui. Et là, je risque d'avoir encore plus de problèmes.

- Euh, non.

- Kel, franchement! Déniaise!

- Ouin, je sais. Mais j'ignore comment le lui dire. Quels mots choisir? Comment va-t-il réagir? Il va peut-être me laisser à cause de ça... La dernière fois que je suis partie, on a rompu... L'histoire peut se répéter.

- Arrête d'anticiper, ça ne te mène à rien! Antoine t'aime, il ne te laissera pas pour ça!

- Hou là là, tu sors les grands mots à cinq dollars! Anticiper!

- Ne change surtout pas de sujet!

Je sais, je suis nulle dans la diversion. Mais une fille s'essaie. Ma copine, qui semble se prendre pour ma mère à cet instant, renchérit sur un ton un peu autoritaire :

- Même que tu vas avaler ton jus et aller le voir tout de suite.

- Il n'est peut-être même pas chez lui!

Elle me tend le téléphone :

- Vérifie maintenant!

Cette attitude de caporal-chef de l'armée me surprend venant d'elle. Noémie est si douce habituellement. J'avale mon jus à une vitesse folle et compose le numéro de mon amoureux. Je suis si nerveuse que je dois recommencer quatre fois, car mes doigts semblent trop gros pour les touches du clavier. J'ai les doigts qui bégaient!

Malchance, c'est Antoine qui répond à la deuxième sonnerie. Ça y est, je n'ai plus le choix, je dois me rendre chez lui de ce pas. Noémie me donne une tape dans le dos en sortant, comme une marque d'encouragement.

- Appelle-moi quand tu seras de retour chez toi.

Je tourne autour du pot. Je parle de Maylis et de Tom, de mes parents, du chien de mon voisin. N'importe quoi pour éviter de lui annoncer cette nouvelle qui, au fond, me fait tant plaisir, mais qui mènera sûrement à la perte de notre couple. Et je suis convaincue qu'il ne partagera pas mon bonheur. Car si j'étais dans sa situation, probablement que je lui piquerais une crise en lui ramenant quelque chose du genre : « Sapristi, tu ne penses qu'à toi! Partir aussi longtemps… Pense à notre couple! »

- Tu veux faire quelque chose? Écouter la télé, aller marcher? On ne restera pas plantés dans le vestibule toute la journée!

- Euh, Antoine… Je suis ici pour t'annoncer une nouvelle. Je ne voulais pas le faire au téléphone.

Ses yeux deviennent sombres. Son sourire s'éteint en un claquement de doigts. J'en perds mes mots.

- Allez, dis-moi ce que tu as à m'annoncer!

Son ton est un peu sec. Comme si une bête sommeillait en lui et qu'elle était pour se mettre à cracher à mon visage.

- Ben, ben…

- Tu veux me laisser, c'est ça?

Voyons, qu'est-ce qu'il raconte là! Ce n'est pas ça du tout!

- Hein? Non, non, pas du tout!

Je sens son visage se décrisper un peu. Ouf! Je viens de lui ficher une de ces trouilles! Je n'avais pas pensé que toutes mes manigances mèneraient à ça.

Je m'approche pour l'embrasser. Pour qu'il comprenne qu'il ne s'agit vraiment pas d'une rupture. Et je me lance enfin, mon moulin à paroles étant raccommodé :

- Mes parents m'offrent une chance exceptionnelle, que je ne peux pas refuser.

Je pars en voyage pour la Californie, chez mon oncle et ma tante.

- Et en quoi ça me concerne? me questionne-t-il, le sourire revenu à ses lèvres.

- Je vais rester là-bas durant trois mois pour apprendre l'anglais.

- Trois mois?

En fait, je crois que c'est plus une exclamation qu'une question de sa part. Ses yeux sont presque sortis de leurs orbites. Bon, physiquement, non. Mais si la vie était un dessin animé, je suis certaine que c'est comme ça que son visage serait imagé.

Je prends quelques secondes pour ravaler ma salive et j'enchaîne :

- Avec cette histoire de voyage qui est tombée à l'eau, mes parents ont pensé que ça me plairait de vivre cette expérience. En plus, je vais apprendre l'anglais. Je ne peux pas rater une chance comme celle-là, tu comprends?

Je vois bien dans ses yeux qu'il est triste. Mais Antoine est plutôt le genre « bon gars ». Alors il affiche un sourire en disant :

- Mais c'est fantastique! J'espère que tu me ramèneras plein de souvenirs!

Et il m'embrasse follement.

Sa réaction me surprend tellement que j'ai peine à croire qu'Antoine ne s'en fait pas plus que ça.

- Tu seras capable de m'attendre pendant ces trois mois?

- Évidemment, ma chérie. C'est moi qui reste ici, non? Alors je vais attendre ton retour.

C'est normal que ça m'angoisse autant, car la première fois que nous sommes sortis ensemble, nous avons rompu pendant que j'étais en vacances à l'extérieur de la ville pour quelques semaines. Et nous n'en avons jamais vraiment reparlé depuis que nous avons repris. Au moment que j'ai su que je m'en allais en Californie, la première chose qui m'est venue à l'esprit, c'est Antoine. Je ne veux tellement pas que nous nous laissions une deuxième fois au téléphone! Je dois avoir confiance, même si je ne me sens pas si rassurée par sa réaction.

Mais bon, tout le monde change, non?

Je me contente de proposer :

- Alors, on va marcher un peu?

Calmement, il me prend dans ses bras. Il assure, Antoine, même quand il est troublé. Car je sais que ça l'embête que je parte aussi longtemps.

Chapitre 2

Un samedi
après-midi au parc

Enfin, une journée de congé dont je vais pouvoir profiter! J'aime beaucoup garder Émilie, mais depuis le début des vacances, je n'ai pas eu la chance de voir mes amis. Et je trouve ça super nul.

Alors, nous nous sommes donné rendez-vous au parc cet après-midi pour jouer au volley-ball dans le sable. La ville a décidé d'améliorer le parc ce printemps. Maintenant, nous avons un endroit où nous divertir et gratuitement en plus! C'est le lieu parfait pour passer la journée en gang, sans avoir l'impression d'envahir la maison de quelqu'un (on dirait ma mère qui parle, en fait, c'est elle qui m'a fait ce commentaire l'autre jour!).

Même Jean-Thomas, que j'ai l'impression de ne pas avoir vu depuis un siècle, sera là. Maylis a parlé de venir faire un tour, mais comme le sport n'est pas vraiment son truc, j'imagine qu'elle se contentera de nous regarder. Joanie est censée venir avec elle, mais je suis certaine qu'elle ne se mêlera pas à nous. Quand Maylis est là, Joanie est vraiment différente. Je la préfère quand elle n'est pas avec Maylis.

- Salut, J-T!

Nous sommes les premiers arrivés. Je suis toujours un peu en avance et je crois que lui aussi a cette manie! Nous nous assoyons dans le gazon pour discuter en attendant le reste de la gang.

- Comment ça se passe de ton côté?

- Plutôt bien. N'en parle pas, mais je dois te dire que je suis plutôt content de faire des cours de rattrapage.

- Ah oui? Tu ne trouves pas trop pénible d'étudier en pleine canicule?

- Non, du tout. Ma sœur me donne un coup de main. Je pense que je te surprendrai à la rentrée scolaire!

- Je n'en doute pas.

Je dois avouer que je suis plutôt fière de lui. J-T a tellement changé depuis que je l'ai vu la première fois dans l'autobus, quand j'ai emménagé ici. C'est tellement surprenant! Même que maintenant, lui et Antoine sont copains. Je trouve ça *cool* qu'ils s'entendent aussi bien. Ils se parlaient à peine et vont à la même école depuis qu'ils sont tout jeunes!

- Comment ça va, toi? On ne s'est presque pas vus depuis la fin des classes!

- Tu sais, je fais beaucoup de gardiennage. Je n'ai presque pas vu Antoine non plus… D'ailleurs, tu pourrais me dire, toi…

J'hésite à continuer. Est-ce que je m'aventure sur un terrain glissant? Peut-être. Je ne dois pas profiter de J-T, mais puisque l'occasion se présente…

- Te dire quoi?

- Si Antoine me boude…

- Te bouder? C'est plutôt une attitude de fille ça, non?

Je lui donne un petit coup de poing amical sur l'épaule. Il s'esclaffe, fier de sa blague sexiste, et enchaîne :

- Je te niaise. Je crois surtout qu'il est un peu déboussolé… Laisse-lui une chance d'avaler la pilule comme on dit.

L'arrivée de Noémie nous pousse à changer de sujet. C'est une bonne affaire de toute façon, nous sommes ici pour nous amuser et non pour avoir ce genre de discussions.

Mon amie s'assoit à mes côtés en ouvrant un contenant de plastique rempli de fraises rouges qui semblent super juteuses.

- Vous en voulez?

Et est-ce qu'un singe veut des bananes? Bien sûr!

Confortablement installés, nous placotons de tout et de rien, contents d'être rassemblés en cette si belle journée. Tout le monde est de bonne humeur et nous avons de la jasette.

Antoine arrive enfin. Jérôme le suit quelques pas derrière. Mais celui-ci n'est pas seul. Ce que ma meilleure amie a vite fait de remarquer. Je la devance en lançant, d'un ton un peu arrogant :

- C'est qui, elle?

Noémie ne répond pas, se contentant de s'intéresser un peu trop à son contenant de plastique maintenant vide. Même si je n'attendais pas vraiment une réponse à ma question, Jean-Thomas, qui semble vouloir sauver les meubles, s'empresse de répondre. Moi, ce que je voulais plutôt signifier, c'est qu'elle est de trop ici.

- Peut-être sa cousine. Je ne me souviens pas de l'avoir vue nulle part.

- Je vais mener mon enquête auprès d'Antoine, que j'annonce en me levant pour aller embrasser mon amoureux qui est maintenant tout près de moi.

Je vois bien que la présence de cette fille tracasse Noémie. Même si mon amie tente de me convaincre depuis des lunes qu'elle se fiche éperdument de Jérôme, je suis capable de lire dans ses yeux que c'est absolument faux. Je la soupçonne d'essayer de se convaincre elle-même quand elle me dit ce genre de trucs.

Jérôme s'approche de nous, suivi de près de celle que je déteste déjà sans la connaître. Je sais, je ne lui ai jamais parlé, mais je suis très fidèle en amitié. Et si cette fille fait de la peine à mon amie, eh bien, je ne l'aime pas! C'est aussi simple que ça.

- Allô, tout le monde!

Il jongle avec le ballon de volley-ball qu'il tient dans ses mains. Il introduit enfin ladite inconnue :

- C'est Monica. Ça ne vous dérange pas trop qu'elle se joigne à nous? Je me suis dit que les équipes seraient égales ainsi. Je ne pense pas que Maylis va jouer... la connaissant!

Quelques non exclamatifs se font entendre. Personne n'ose demander qui elle est. Je me penche vers Antoine et chuchote :

- Qui est-ce?

- Je ne sais pas, répond-il avec un haussement d'épaules. Je ne l'ai jamais vue avant.

Finalement, nous séparons les équipes et mes coéquipiers sont Noémie et mon très cher Antoine. C'était la façon la plus équitable et surtout, le meilleur moyen d'éviter de rendre quelqu'un mal à l'aise avec le triangle Noémie, Jérôme et cette Monica sortie de nulle part.

Maylis est venue faire un petit saut rapide dans le parc en compagnie de Tom – je ne savais pas qu'ils étaient restés amis après son départ. C'est un peu bizarre d'être ami avec son ex, non? Quoi qu'il en soit, elle n'est pas restée longtemps puisque le volley-ball n'est vraiment pas son truc. En fait, le sport en soi, ce n'est pas sa tasse de thé.

L'après-midi se passe bien et très vite. Je vois Noémie bouillir chaque fois que Jérôme et sa très jolie invitée se tapent dans la main ou se regardent. J'ai beau essayer de détendre l'atmosphère en racontant des blagues – je dois avouer qu'elles sont plutôt moches, j'ai le sens de l'humour d'un papi de quatre-vingt-treize ans parfois! – rien à faire, le regard de Mimi fusille cette blondasse.

Quand nous nous assoyons pour prendre une pause, je n'en peux plus, LA question doit absolument être posée. Peut-être que j'hallucine, mais j'ai l'impression de percevoir une complicité, une espèce de rapprochement entre Jérôme et Monica. Je profite de l'instant où Monica va remplir sa gourde à la fontaine pour questionner Jérôme et savoir ce qu'elle fait ici.

- Comment vous connaissez-vous?

- Ah! C'est ma nouvelle voisine. Elle a emménagé au début de l'été. Quelle coïncidence, elle est du même âge que nous! Comme elle ne connaît personne encore, je me suis dit que ce serait *cool* que vous la rencontriez.

Je grimace en me retournant vers ma meilleure amie. Quelle bonne idée il a eue, Jérôme! Comme si nous avions vraiment le goût de rencontrer cette jolie fille sortie de nulle part.

Noémie me lance un regard qui dévoile toutes ses pensées d'un seul coup. Elle déteste déjà la nouvelle, avant même que l'année scolaire soit commencée, ça je le sais.

Jérôme se retourne et fait une remarque vraiment nulle à Antoine. Un commentaire qui est loin d'être le style de Jérôme d'ailleurs :

- Elle est canon, hein? Je la trouve pas mal *sexy*...

Après cette réplique de macho, Noémie se lève d'un bond :

- Je dois partir, moi. Je te téléphone plus tard, Kel.

- Voyons, qu'est-ce qu'elle a, elle?

Ça, c'est une réplique de Jérôme. Les garçons ne voient rien! Quel imbécile quand il veut, ce Jérôme! Franchement, il ne se doute pas qu'il fait de la peine à Noémie en ce moment? Aveugle!

- Attends-moi, Mimi, je t'accompagne jusque chez toi.

J'embrasse rapidement Antoine en lui faisant un signe indiquant que je vais l'appeler plus tard. Je salue rapidement tout le monde et je cours rejoindre mon amie. C'est une question d'urgence, cette fois-ci. Je ne resterai pas au parc à ne rien faire, ça c'est sûr!

En arrivant à la hauteur de Noémie, je vois immédiatement les larmes qui veulent déborder de ses yeux. Je suis contente d'avoir pris l'initiative d'accourir vers elle. Elle marche d'un pas digne de *road-runner*, en silence, pendant deux pâtés de maisons. Jusqu'à ce qu'elle arrive chez elle, je devrais dire. Mais quand nous nous retrouvons devant sa porte, je vois que ses yeux ont complètement changé.

Pour la première fois depuis que je la connais, je constate que mon amie n'a plus vraiment le contrôle d'elle. Je ne l'ai jamais vue comme ça. On dirait que le trop-plein de la dernière année explose d'un seul coup. En fait, je ne peux pas la blâmer avec tout ce qu'elle a vécu récemment.

- Ce n'est qu'un pauvre con ce gars-là. Je ne veux plus jamais le voir! Il ne mérite aucunement mon amitié!

Elle ne crie pas, elle hurle. Je suis à peu près certaine que la gang au parc peut l'entendre. Mais je crois que Noémie s'en fiche. Et moi aussi. Alors je la laisse se défouler et sortir tout le méchant hors d'elle. J'assiste, impuissante, au cataclysme. Elle est vraiment fâchée contre Jérôme et je crois que c'est la goutte qui a fait déborder le vase. Il y a longtemps qu'elle le trouve de son goût et elle vient de réaliser qu'ils ne seront probablement jamais ensemble. Pauvre Noémie. Elle a été trop gênée et là, une autre fille va mettre le grappin sur Jérôme.

Après quelques minutes, ma copine semble vidée de toute son énergie et elle s'écrase par terre, sur le perron de l'entrée de sa demeure.

Je m'assois à côté d'elle en silence. Elle appuie sa tête sur mon épaule et je lui joue dans les cheveux de ma main droite.

Je crois que nous sommes restées comme ça, silencieuses, pendant une demi-heure. Quand elle s'est sentie mieux, elle s'est dégagée et m'a souri. Elle m'a remerciée avant de m'annoncer qu'elle allait rentrer. Je crois qu'elle avait besoin d'être seule avec elle-même et j'ai respecté sa décision.

Chapitre 3

Retour

Ce soir, je passe la soirée avec Maylis. Enfin! Enfin parce que depuis son arrivée, nous nous sommes à peine vues. Quelques heures ici et là, sans plus. Et toujours avec plein de monde, ce qui fait que nous n'avions pas vraiment le temps de jaser des vraies choses : les gars, l'école, les gars, la famille et l'ai-je dit, les gars? De son côté, elle semble pas mal occupée et moi, avec le gardiennage chez la voisine, il ne me reste plus autant de temps que je le voudrais.

L'été prochain, je vais me trouver un vrai emploi. Au moins, à défaut d'être toujours occupée, je vais gagner plus de sous. J'aime beaucoup m'occuper des enfants des autres, mais ce n'est pas très payant! Antoine a commencé à travailler à la station-service à temps partiel et il fait autant d'argent que moi à garder à longueur de semaine! Je suis certaine que je suis capable de travailler moi aussi! Alors je crois que dès mon retour de la

Californie, je partirai à la recherche d'un emploi. J'espère que mes parents ne me mettront pas de bâtons dans les roues!

Maylis et moi avons convenu de nous rencontrer chez moi et ensuite, nous déciderons ce que nous allons faire de notre soirée. Comme je ne garde pas demain (yé!), je peux rentrer un peu plus tard, ce qui nous laisse beaucoup de temps en perspective.

Tout de suite après le souper, la sonnette retentit dans toute la maison. C'est elle!

Maylis se tient en effet devant moi... Mais qui ne vois-je pas traîner derrière? Tom et Antoine. Qu'est-ce qu'ils font ici ces deux-là? Je ne les ai pas invités...

Mon air ahuri doit avoir alerté Antoine parce qu'il s'empresse de venir m'embrasser en me saluant d'un ton mielleux.

- Salut, ma belle princesse.

OK, je sais, ça fait « quétaine »… Mais Antoine est un *fan* des petits noms mignons. Je ne suis quand même pas pour lui dire : « Arrête de m'appeler de même! » Ça serait un peu bête et je trouve que c'est quand même romantique de sa part…

- Euh, salut…

Je fusille Maylis du regard. Pour une fois que nous pouvions passer une soirée seulement toutes les deux, à papoter entre filles! Pourquoi les a-t-elle invités? Antoine, je peux le voir quand je veux… Mais elle, elle n'est là que temporairement!

- Kel, j'ai croisé les gars dans la rue… Je les ai invités…

Mon amie patine. Je le sens. Et pour la punir un peu d'avoir pris cette initiative, je la laisse aller pour voir comment va s'en sortir. Je garde le silence en regardant tous les trois, tour à tour. ont l'air de se sentir si coupables qu

43

je m'amuse follement de les voir ainsi. Comme je ne suis pas vraiment fâchée, je trouve la situation très comique.

- On ne veut pas s'imposer…

- Comme je pars bientôt, je me suis dit qu'ils pourraient se joindre à nous… J'aurais dû t'en parler avant…

- Ne sois pas fâchée…

J'éclate de rire.

- Si vous vous voyiez la face! On dirait que vous venez de commettre un vol! que je m'exclame en enfilant mes sandales. Où est-ce qu'on va, avez-vous une idée de ce qu'on peut faire de notre soirée?

- On pourrait aller manger une crème glacée pour commencer? propose Antoine, qui a troqué son air coupable contre son air jovial.

Tous en accord avec cette idée, nous nous dirigeons vers la crémerie à quelques coins de rue de chez moi. Nous nous régalons – moi d'un cornet deux méga-boules-chocolat-framboise – et, par la suite, décidons d'aller nous asseoir au parc. Je profite de la soirée au max, mais je dois dire que l'attitude de Maylis me cause un certain malaise.

En fait, je ne comprends pas du tout mon amie. Elle agit avec Tom comme s'ils étaient encore ensemble. Quand elle lui parle, elle pose une main sur son bras. Et lui n'est pas mieux. Tantôt, je les ai même vus se prendre la main en marchant. Mais le problème n'est pas là.

Elle m'a dit qu'elle s'était fait un nouveau chum dans sa nouvelle ville. À quoi joue-t-elle au juste? Déjà que je trouvais ça bizarre qu'ils soient amis, son attitude est vraiment incompréhensible!

Je profite du fait que tous les deux – Maylis et Tom – semblent dans une discussion profonde pour partager mon embarras avec Antoine.

Je chuchote :

- Qu'est-ce qui se passe entre ces deux-là?

- Je crois qu'ils s'aiment encore… C'est *cool*, non?

- Non, vraiment pas!

Antoine me dévisage. Pourquoi je serais la seule qui trouve inacceptable qu'elle trompe son chum, même avec si c'est avec son ex? À moins que… Maylis ne se soit pas vantée d'avoir rencontré quelqu'un d'autre…

- Voyons, Khelia, pourquoi dis-tu ça?

- Antoine, franchement! Elle m'a dit qu'elle a un nouveau chum.

- Hein, de quoi parles-tu?

- Tu ne le sais pas? Elle m'a dit qu'elle a rencontré quelqu'un là-bas. Je crois que c'est sérieux.

- Ayoye! Je ne pense pas que mon frère soit au courant…

- Eh zut! Qu'est-ce qu'on fait dans un tel cas?

- On ne s'en mêle pas parce que ce n'est pas de nos affaires… Tu sais ce qui arrive quand on joue les entremetteurs… On sème la chicane. Je n'ai vraiment pas le goût que mon frère soit en colère contre moi.

- OK, on s'en va alors. Je ne serai pas capable de tenir ma langue si on reste à côté d'eux.

C'est ainsi que ma soirée de filles avec Maylis s'est terminée en tête-à-tête avec mon amoureux. Bah! Je me console, c'aurait pu être bien pire!

Le téléphone me réveille en ce vendredi matin. Pourquoi ma mère ne répond-elle pas? Je m'extirpe tranquillement du lit et prends finalement le combiné. Trop tard, la boîte vocale a déjà entamé son travail. Je monte à la cuisine pour aller déjeuner, maintenant trop bien réveillée pour me rendormir. Crime bine que je déteste me faire réveiller quand j'ai congé!

Sur la table, ma mère a laissé une note disant qu'elle est partie faire des courses. Je sors ma boîte de céréales et la dépose sur le comptoir. Encore un peu endormie, je me dirige vers le téléphone.

J'écoute le message de cette gentille personne ô combien matinale qui a osé me sortir du lit si tôt.

« Bonjour, le message est pour madame Lanthier ou monsieur Charbonneau. C'est Gilbert Coulombe. Si vous pouvez me rappeler dans les plus brefs délais, s'il vous plaît au numéro suivant... »

Je griffonne le nom et le numéro de téléphone sur un bout de papier pour ma mère. Coulombe... Pourquoi ça me dit quelque chose ce nom-là? Bah! Je m'en fiche, en fait! Je vais déjeuner et aller me doucher si je veux profiter de ma journée de congé; il fait tellement beau dehors.

Lorsque je sors de la douche, ma mère est revenue et range les emplettes.

- Salut, maman, lui dis-je avant de l'embrasser sur la joue.

- Bonjour, ma chouchoune. Est-ce qu'il y a longtemps que tu as pris le message de monsieur Coulombe?

- Non, à peine quelques minutes. En fait, c'est ce coup de téléphone qui m'a réveillée. C'est un peu tôt pour appeler, non?

- Kel, il est neuf heures. Il n'est pas si tôt que ça! Tu exagères.

Ma mère prend l'appareil et compose immédiatement le numéro.

Je n'y comprends rien. Que se passe-t-il ce matin? C'est quoi l'urgence? Ma mère semble énervée comme ça ne se peut pas.

Je vais terminer de me préparer pendant que ma mère fait son appel. Quelques minutes plus tard, elle apparaît dans l'embrasure de ma porte.

- Khelia, j'ai une grande nouvelle!

Elle semble aussi énervée qu'un enfant devant le père Noël.

- Quoi, quoi?

Quand ma mère a cet air excité comme une enfant de quatre ans devant un bol de bonbons, je n'y peux rien, je m'emballe moi aussi. Et je ne sais même pas pourquoi! Mais les nouvelles semblent bonnes.

- Ne te souviens-tu pas de qui est ce monsieur Coulombe?

- Non, vraiment pas. C'est qui?

- L'intervenant social de Samuel.

- Ah oui! Je savais que j'avais déjà entendu ce nom-là quelque part.

Ma mère me regarde toujours, sans rien ajouter. Voyons, qu'est-ce qu'elle a à rester silencieuse comme ça?

- Et?

Je déteste quand ma mère prend son temps ainsi pour dire les choses. J'ai seulement le goût de lui dire : « Allez, crache le morceau! » Mais comme c'est impoli de parler comme ça à sa mère, je m'abstiens.

- Samuel va revenir vivre ici.

- Ah oui! Pour longtemps?

- Je ne le sais pas encore.

Wow! Quelle belle journée ce sera!

Chapitre 4

Réflexion

J'écoute peu les nouvelles à la télé. Non pas parce que je ne suis pas intéressée, mais plutôt parce que je trouve ça effrayant. Pour moi, c'est pire que de regarder un film d'épouvante. Et au moins, les films d'horreur ne sont pas réels, ils sont inventés de toutes pièces. Mes parents, eux, tiennent à savoir ce qui s'est passé ailleurs sur la planète et ne cessent de me dire que, pour ma culture générale, je devrais faire pareil. Mais je ne connais pas beaucoup d'ados de mon âge qui tripent sur les bulletins télévisés. À part peut-être Jenny, qui est dans ma classe, car elle aspire à devenir lectrice de nouvelles. Mais c'est la seule que je connais. Tout ça pour dire que je ne comprends pas ce qui pousse les gens à écouter ce genre de trucs. Aux bulletins de nouvelles, ils ne parlent que de choses tristes : des accidents, des feux, des catastrophes naturelles, la guerre. Des images comme celles-là me donnent le goût de pleurer et me font faire des cauchemars.

Mais aux nouvelles régionales, ce soir, un reportage retient mon attention, et celle de mes parents aussi : une fille de mon école est portée disparue. Quand sa photo apparaît à la télé, je la reconnais; je me souviens de l'avoir déjà croisé dans les corridors. Une fille de première année si ma mémoire est bonne.

Mon père monte le volume. Tous les trois, nous sommes figés devant le téléviseur telles des statues de plâtre.

« Une jeune fille de Sainte-Patrie-des-petites-Prairies est portée disparue depuis hier soir. Pour l'instant, les circonstances de cette disparition sont encore inconnues. L'inspecteur Poirier du service de police soulève l'hypothèse de la fugue. Les gens du public sont invités à téléphoner s'ils ont des renseignements qui pourraient faire avancer l'enquête. »

Mon père baisse le volume et me regarde :

- La connais-tu?

- Non. Je sais c'est qui, pas plus…

Je dois avouer que je suis un peu secouée. Habituellement, dans les nouvelles à la télé, ce sont toujours des inconnus qui sont impliqués. Mais cette fois-ci, le fait que ce soit quelqu'un de la même ville que moi, et qui plus est, de la même école, me bouleverse.

- Peut-on faire quelque chose?

- Pas pour l'instant, ma belle Khelia. Si tu entends quelque chose à son sujet, tu dois nous le dire, c'est important.

- Ouep, promis.

Mon père profite de cet instant pour ramener son petit sermon sur la sécurité, sur les risques de marcher le soir, etc. Je l'écoute pour lui faire plaisir, mais je pense qu'il exagère un peu. Le journaliste à la télé n'a jamais parlé d'enlèvement. C'est çà être fille unique, on doit endosser tous ces sermons, seule! Et même que mes parents me font les grands discours en double. Ma mère n'arrête pas de me dire : « Tu sais, Khelia, on n'a que toi. S'il fallait qu'il t'arrive malheur, ce serait la fin du monde pour ton père et moi. » J'ai trouvé comment mettre fin à ce genre de discussion par contre. La réponse est infaillible et surtout, sans équivoque… pour mes parents.

« Vous avez juste à me faire un petit frère ou une petite sœur! » Je sais que maintenant, mes parents ne veulent plus d'autres enfants. Il y a cinq à dix ans, ils auraient bien voulu, mais par un concours de circonstances – sujet que mes parents n'ont jamais abordé avec moi – a fait que je suis enfant unique. J'ai donc sorti mon arme fatale afin que mes parents ne me fassent plus la morale.

Par chance, Samuel est supposé arriver d'une minute à l'autre. À partir de maintenant, nous serons deux à endurer ces discours. Mes parents pourront également se préoccuper de la sécurité de Sam et me lâcher un peu.

D'ailleurs, je suis si énervée de le revoir celui-là. Il a certainement changé! Il y a maintenant un bon moment que nous nous sommes vus. Sauf que j'ai un certain malaise, car je sais que s'il est de retour à la maison, c'est bien parce que les problèmes sont encore présents chez lui. Ça me fait de la peine. Et je ne sais pas si je dois lui poser des questions là-dessus. Peut-être qu'il a besoin d'en parler et qu'il est seulement gêné de le faire. Ou peut-être qu'au contraire, il a honte et veut garder ses histoires de famille pour lui... Voilà pourquoi je suis si tiraillée face à son retour à la maison!

Pendant que je réfléchis, j'entends une voiture arriver dans l'entrée. Justement, le voilà!

Samuel a grandi d'au moins dix centimètres depuis la dernière fois. Contrairement à notre toute première rencontre, il sourit. Bon, il ne pourrait peut-être pas faire une publicité de dentifrice, mais au moins, il semble content ou du moins rassuré, d'être dans notre maison.

Il s'approche de moi et me fait un câlin. Je lui ébouriffe les cheveux amicalement. Je prends son sac et invite Samuel à sa chambre pour laisser mes parents parler avec monsieur Coulombe.

J'aide Sam à défaire son sac et à ranger ses vêtements. Il dépose soigneusement le toutou que nous lui avions offert sur son lit.

- Je lui parle toutes les fois que ça ne va pas.

Woah! Je me dis que, dernièrement, il a dû lui parler souvent parce qu'à ce que j'en sais, les dernières semaines ont été difficiles dans la famille de Sam. Mais nous allons tout faire pour lui qu'il oublie les malheurs qui se sont abattus sur lui récemment.

J'ai commencé à faire une liste pour être sûre de ne rien oublier. J'ai deux valises que je peux remplir, une énorme et une moyenne. Je suis consciente que je suis méga trop en avance, mais j'ai tellement peur de laisser quelque chose d'important ici. C'est mon père qui a eu l'idée de la liste. Il est tellement organisé, lui! C'est toujours ce qu'il fait. Comme Maylis est déjà repartie, Joanie viendra passer la journée chez moi. Toutes les deux, nous

nous ennuyons de notre amie commune.

En plus, depuis que Maylis est déménagée, Joanie a changé un peu. Je crois que le problème, c'est que sa meilleure amie lui faisait de l'ombre. Elle la suivait partout, parlait peu, n'avait pas beaucoup d'amis.

Finalement, il semble que ce soit une bonne chose pour Jo que Maylis soit partie. OK, je sais, dit ainsi ça a l'air méchant mon affaire. Mais c'est vrai. Avant, je ne savais même pas que Joanie a des talents de couturière, qu'elle a déjà fait de la danse et qu'elle est vraiment douée en math. Ce sont des trucs que j'ignorais complètement à propos d'elle.

Ce dont je me suis rendu compte aussi, c'est que c'est difficile de garder des amis à distance. J'ai essayé avec Kassandre et tout a fini en queue de poisson. J'ai l'impression – et j'ai bien peur que mon pressentiment soit bon – qu'il se passera la même chose avec Maylis. Parce que nous avons beau dire que nous voulons rester amies, si elle ne revient pas vivre chez sa mère, nous allons nous perdre de vue. Elle aura ses nouveaux amis, sa famille, son chum. Et de mon côté, ce sera la même chose. Comme nos goûts et nos passe-temps sont très différents, ça n'aidera pas notre cause non plus. Sapristi! Quel moment de lucidité de ma part… Oh là là! Je me surprends moi-même à réfléchir de cette façon!

Bon, je dois revenir à ma liste maintenant! Outre mon linge et mes effets personnels, je dois aussi penser à apporter avec moi mes effets scolaires, un petit dictionnaire anglais… Oh non! J'ai complètement oublié d'aller en acheter un!

J'arrive en catastrophe dans la cuisine.

- Mom! Il me faut un dictionnaire!

- De quoi parles-tu, ma chérie?

En me répondant, elle ne me regarde même pas. Elle prend une gorgée de son café et continue calmement à lire le journal. Comment peut-elle rester si calme quand je suis en plein moment de panique?

- Il me manque des trucs pour partir en Californie. Dont un dictionnaire!

- Respire un peu. Tu ne pars que le mois prochain! On ira cet après-midi si tu veux.

- Tu es géniale!

Je repars vers ma chambre aussi vite que j'étais apparue à la cuisine. Je sais, je panique pour rien, mais je pense que c'est l'excitation du départ qui commence à me prendre. Quand j'y pense, j'ai un petit peu mal au ventre. En plus d'aller dans une école où je ne connais absolument PERSONNE, je ne comprendrai pas la moitié de ce que les autres vont dire de moi. Quelle idée aussi de partir seule! J'ai le don de me mettre dans des situations hyper inconfortables. Ma mère dit que c'est normal que je me sente ainsi en ce moment, et que si je sors de ma « zone de confort », je vais réussir dans la vie. Mais mon ambition me fait perdre la tête en ce moment!

J'ai besoin de me changer les idées avant de paniquer et de devenir folle. Peut-être que Jo serait partante pour une petite séance de magasinage?

Chapitre 5

Jalousie...

Journée de pluie. C'est moche quand il pleut. Il n'y a rien à faire. Personne ne veut sortir. Même Samuel est collé au sofa du salon du sous-sol et ne veut pas bouger de là. Et un dimanche en plus, c'est encore archi-plus-que-nul. J'espère que ça ne durera pas trop longtemps. C'est ma fête mardi et mes parents ont prévu faire un barbecue monstre sur la terrasse. J'espère que dame Nature ne sapera pas mes plans!

Comme je suis née le 15 juillet et que j'aurai enfin quinze ans, cette année sera mon année chanceuse. Et avant même qu'elle soit commencée, j'ai déjà de la chance avec ce voyage en Californie, en plus d'avoir un amoureux que j'aime, plein d'amis, et je pourrais continuer la liste. J'ai vraiment l'impression qu'il m'arrivera que des choses agréables cette année. Un bon pressentiment.

Mais en attendant que cette magnifique année commence, il pleut encore et je m'ennuie à mourir. Je décide d'aller voir mes courriels plutôt que de ne rien faire et de me traîner les pieds en pyjama (c'est moi qui suis en pyjama, pas mes pieds!). Ça fait plus de deux semaines que je n'y ai pas été, donc ma boîte de courriels déborde. Je ne suis pas très assidue et peut-être que j'ai des messages qui attendent impatiemment d'être lus! Au même moment, je me connecte sur MSN. Je ne suis certainement pas la seule à « vedger » aujourd'hui. Plein de messages envoyés par des amis d'école engorgent ma boîte de réception. « Envoie ce *email* à mille sept cent trente-deux personnes. Sinon, le bonhomme Sept-Heures viendra en pleine nuit t'arracher les ongles d'orteil un par un... » Je déteste les chaînes de lettres. Je les ai toutes essayées, du vœu le plus farfelu au plus simple rien n'a marché! J'ai même déjà souhaité avoir 90 % dans mon examen de français – ma matière forte – et ça n'a pas fonctionné : j'ai eu une note de 85 %. J'ai donc compris à ce moment-là que ce sont des arnaques. Depuis ce temps, je me contente de faire des vœux seulement à ma fête, quand je vois des étoiles filantes ou quand je parle en même temps qu'un ami. Le reste du temps, c'est de la foutaise! Mon père n'arrête pas de me dire que la seule façon d'exaucer mes souhaits, c'est que je fasse les efforts pour que ça arrive. C'est poche comme façon de penser! Il est si rationnel mon père!

Un courriel d'Adam. Tiens, il y a longtemps que je n'ai eu de ses nouvelles.

Grosso modo, il vient visiter de la famille à Sainte-Patrie. Il sera donc en ville… demain! Quelle surprise!

Je pourrais l'inviter pour ma fête. Je suis sûre que mes parents voudraient; ils l'aiment tellement. Et j'imagine déjà mon père dire : « Si on en a assez pour six, on en a assez pour sept! »

Je me dépêche donc de lui répondre. Je l'invite au barbecue et lui laisse mon numéro de téléphone. J'accours ensuite au salon pour demander la permission à mes parents. Je sais que je fais les choses à l'envers, mais je suis certaine que mes parents diront oui.

Et mon père de répondre :

- Un de plus ou un de moins, ça ne change pas grand-chose!

Je le connais tellement mon paternel!

J'en profite pour faire quelques recherches sur la Californie sur Internet quand je retourne à l'ordi. Comme je mettrai les pieds bientôt dans cet État américain, aussi bien voir un peu ce qu'il y a à visiter là-bas. Je vais pouvoir aussi aller surfer sur le site Internet de ma nouvelle école, ce qu'ils appellent le *high school* là-bas.

J'en ai marre de perdre mon temps sur Internet, alors j'en profite pour appeler Noémie. Depuis tantôt que nous clavardons ensemble, aussi bien se téléphoner!

- As-tu su pour Ève?

C'est la première question que mon amie me pose.

- Qui est Ève?

- La cousine de Joanie... celle qui est disparue.

- Hein? C'est la cousine de Jo! Je ne savais pas ça! Elle doit filer un mauvais coton en ce moment.

- Oui. Mais il paraît que l'année dernière, elle est partie trois jours sans donner de nouvelles à ses parents.

- Voyons! Pourquoi elle a fait ça?

- Je ne le sais pas trop. Aux nouvelles aussi, ils parlaient de fugue.

- Ouin. Je vais appeler Jo ce soir pour

voir comment elle va.

- Bonne idée. Tu me tiendras au courant.

Quelques heures plus tard, je me décide enfin à appeler Joanie. Finalement, elle ne semble pas inquiète outre mesure. Elle ne parle pas beaucoup à sa cousine Ève parce que leurs parents sont en chicane depuis plusieurs années, alors tout ce que sa mère a fini par dire c'est : « Si ses parents l'élevaient, ils auraient beaucoup moins de problèmes avec Ève. » Mais bon, j'espère seulement que le pire n'est pas arrivé.

Samuel est assis à mes côtés – comme toujours – sur le patio, où se tient mon repas d'anniversaire, organisé par mes parents. Depuis que Sam est revenu à la maison, il ne me lâche pas d'une semelle, probablement de la même façon qu'un vrai petit frère le ferait. Ça ne m'embête pas plus qu'il le faut, car je m'attache vraiment à ce petit homme. S'il faut qu'il reparte encore, ça me fera de la peine. Et en plus, mes amies craquent toutes pour lui, il est si mignon!

Mes amis m'entourent. En fait, le seul que je n'ai pas invité, c'est Jérôme. Avec ce qui s'est passé la dernière fois au parc, j'aime mieux ne pas prendre de chance. Je crois que Noémie n'est pas sur le point de lui pardonner. Et comme Mimi est ma meilleure copine, je n'ai pas hésité à mettre Jérôme de côté. Il a beau être le meilleur ami d'Antoine, je ne veux pas de querelle le jour de ma fête. Selon moi, Noémie ne lui parlera pas avant le début de l'année scolaire et je ne suis même pas sûre qu'elle le fera rendu là – je ne serai même pas là pour le constater. Je pense que mon amie a un petit côté rancunier trop développé...

Il est dix-huit heures vingt-deux. Je développe le cadeau de mes parents. Comme chaque année. La tradition, c'est très important chez nous!

Mes parents m'avaient dit qu'à cause de mon voyage, je n'aurais pas de cadeaux à ma fête. Mais les voilà qui déposent une boîte devant moi.

- Un cadeau... Mais je croyais que je n'en aurais pas...

- Allez, déballe, ma puce, m'ordonne gentiment mon père.

Je m'exécute aussitôt. Quand je vois la boîte, je n'arrive pas à croire que c'est vraiment ça qu'il y a à l'intérieur. Je suis un peu gênée d'ouvrir mon cadeau devant Joanie et Noémie. Elles vont me trouver bébé gâté, je le sais. Mais ce n'est quand même pas ma faute si mes parents me paient plein de trucs. Je serais folle de refuser…

- Est-ce que c'est la bonne boîte?

Mes parents me regardent avec un petit sourire sans répondre. Je m'empresse d'ouvrir la boîte pour en vérifier le contenu.

- Vous êtes fous! C'est beaucoup trop!

Entre mes mains, je tiens un joli ordinateur portable bleu.

- Il a une caméra intégrée. C'est que nous allons nous ennuyer! Ainsi, nous allons pouvoir nous voir tous les jours, avoue mon père en s'approchant de moi.

Je le serre dans mes bras très fort et fais de même avec ma mère.

- Merci! Merci! Mille cent vingt-deux fois et demie!

Je suis la fille la plus gâtée du monde, c'est incroyable! Je vais pouvoir jaser sur Internet avec mes amis quand je vais le vouloir, même si je suis à l'autre bout du monde, sans que ça coûte quoi que ce soit. C'est tellement génial-trop-*cool*-à-l'os!

Après les cadeaux, mes parents s'éclipsent pour faire la vaisselle. Mes amis et moi en profitons pour plonger dans la piscine. Ensuite, c'est l'appel du gâteau. En moins de temps qu'il n'en faut pour dire parasol, tout le monde sort de l'eau pour se bourrer de ce dessert au chocolat complètement divin. Samuel en a même jusque sur le bout du nez, ce qui me fait rigoler.

La fête se passe bien. Jusqu'à ce que j'entre dans la maison pour aller me chercher un verre d'eau. Antoine me suit de près et n'affiche aucun sourire.

Je m'approche pour l'embrasser, mais il tourne la tête au même moment. Je suis saisie.

– Qu'est-ce qu'il y a?

En guise de réponse, il croise les bras.

- Antoine, c'est quoi le problème?

Il me boude, c'est clair. Mais je n'ai aucune idée de la raison. Des fois, c'est à croire qu'Antoine est comme une fille! Il est romantique mais surtout, il boude et est susceptible comme tout... C'est fatigant, à la fin, un gars qui a les mêmes défauts que soi!

- C'était quoi l'idée d'inviter ce gars-là à ta fête?

C'est à cause d'Adam qu'il me fait la gueule? Je ne comprends pas, pourquoi! Noémie ne l'a pas lâché du souper, je lui ai à peine parlé. Il n'y a pas de quoi en faire tout un plat!

- C'est un ami, il était en ville. Je n'ai pas fait ça pour t'embêter.

- Ce gars-là essaie de te séduire!

- Tu dis n'importe quoi, arrête! Adam, ce n'est qu'un ami. Un point c'est tout.

Là-dessus, je sors sans même lui laisser le temps de répondre. Il ne gâchera pas ma fête quand même! Franchement! Cette petite crise de jalousie n'a vraiment pas de raison d'être. J'ai le droit d'avoir des amis gars même si je suis avec lui. Je le laisse bien avoir des amies avec un E, moi. Bon, peut-être pas Catherine, mais ce n'est pas pareil, c'est son ex-copine. Et Adam n'est pas mon ex! En plus, Antoine ne sait même pas que j'ai eu le béguin pour lui l'été dernier.

OK, j'avoue, j'aurais peut-être dû lui dire que j'avais invité Adam plutôt que de le mettre devant le fait accompli. J'ai bien vu le malaise de mon amoureux quand je lui ai présenté Adam. Je lui avais parlé à deux ou trois reprises de lui. Sans doute ce n'était pas suffisant pour qu'il s'attende à ce qu'Adam apparaisse le jour de mon anniversaire. Et peut-être, je dis bien peut-être, que j'aurais eu une réaction semblable.

Après plusieurs heures, tout le monde finit par partir. Il ne reste qu'Antoine. Nous sommes assis dehors, à la belle étoile.

- Je voulais te dire que je suis désolée. Je regrette. J'aurais dû te parler un peu plus d'Adam. Je ne pensais pas que sa présence te dérangerait.

- Tu es toute pardonnée, ma belle brunette.

Il prend une grande respiration et plonge son regard dans le mien.

- Je t'aime.

WOAH! C'est la première fois qu'Antoine lâche la grande phrase. Même la première fois que nous sommes sortis ensemble, il ne m'a pas dit ces mots si… importants. Et là, il ose enfin le faire, au bon endroit, la bonne journée. Je vais toujours m'en rappeler que le jour de mes quinze ans, mon amoureux m'a dit : « je t'aime ».

Mais comme une idiote, au lieu de répondre, je reste sans mot pendant plusieurs longues secondes. Que je peux être nounoune parfois!

Antoine me regarde, visiblement vexé. Il joue avec ses doigts, n'ose plus me regarder. Allez, dis quelque chose, Khelia!

- Moi aussi, je t'aime.

Chapitre 6

En avant la visite!

Mon cousin Raphaël passe la semaine à la maison. Ce sera tellement *cool*! Ma tante Jiji a deux semaines de vacances et elle a décidé de venir en passer une partie avec nous à la toute dernière minute. Je suis si contente. J'ai planifié plein d'activités pour que le temps passe vite et que Raph ait envie de revenir. En plus, je ne fais pas de gardiennage cette semaine parce que madame Chevrette est en vacances. Quelle chance!

Raphaël est donc arrivé en fin d'après-midi, après être parti tôt en voiture avec sa mère de Montréal. Je suis très heureuse de les voir! Nous gardons contact par Internet, mais depuis que je suis déménagée, nous ne nous voyons presque plus, seulement une fois ou deux par année, ce qui me fait de la peine. Raph et moi étions souvent ensemble quand je restais là-bas.

Après avoir présenté le petit Samuel à ma tante et à mon cousin, nous sommes passés à table. Il y avait longtemps que nous n'avions pas eu un gros souper de famille – depuis Noël en fait. Depuis que nous sommes à Sainte-Patrie, nous ne recevons pas beaucoup de visite et je trouve ça poche-royalement-mortel. Mais mes parents excusent toujours la famille en disant que nous sommes loin maintenant et que c'est compréhensible. C'est loin pour nous aussi Montréal et nous y allons quand même, non? J'imagine que la route peut alors se faire dans les deux sens!

Comme il pleut – encore! – Raph et moi avons décidé de jouer à des jeux vidéo ce soir. De toute façon, il est un peu fatigué de toute cette route, alors le mieux, c'est de prendre ça *cool* à la maison. Après tout, l'idée, c'est de passer du bon temps ensemble, non?

Noémie, pensant que je passais la soirée seule, arrive à l'improviste. Comme je ne lui ai pas parlé depuis deux jours, elle ne savait pas que nous avions de la visite à la maison.

- Salut! Quel temps de canard!

- Allô! Quelle idée de sortir aussi! Que fais-tu là?

- Je m'ennuyais, seule à la maison. Toi, que faisais-tu?

- Eh bien, je joue au Play avec mon cousin.

- Ton cousin? Quel cousin?

- Celui de Montréal. Il est ici pour la semaine.

- Je ne me souviens pas que tu m'aies parlé de lui!

- Bien sûr que je t'en ai parlé. Tu ne m'écoutes pas quand je te raconte des trucs? que je lance à la rigolade.

- Si tu ne parlais pas autant aussi, peut-être que je retiendrais tout ce que tu me racontes!

- Touché coulé! C'est bon, tu as le dernier mot! Tu peux enlever tes souliers et te joindre à nous si tu en as envie.

- OK, *cool*!

Au salon du sous-sol, je fais les présentations de base. Noémie salue timidement Raph... et lui, il sort son petit air macho. Il le fait toujours quand il trouve une fille jolie. C'est clair que mon amie est de son goût! Je le connais assez pour reconnaître cette façon d'agir. Je l'ai vu souvent avec des filles et je sais comment il est séducteur!

Il lui fait de belles façons, avec ses grands yeux. Je ne suis tellement pas surprise de le voir se comporter ainsi. Noémie est une jolie fille et tout à fait le genre que mon cousin aime bien habituellement.

Étant de nature gênée, Noémie répond par de petits rires nerveux. Elle finit par dénouer ses lèvres et ouvrir la bouche :

- À quoi joue-t-on?

De temps en temps, Samuel vient fouiner pour voir ce qu'on fait, jusqu'à ce mes parents l'envoient enfin au lit. Je l'aime bien, Sam, mais des fois, un petit frère, ça peut être achalant-trop-méga-collant!

La soirée passe si rapidement que je suis surprise quand ma mère vient nous avertir qu'il est maintenant dix heures.

- Oh, je dois y aller, mes parents vont capoter!

J'accompagne mon amie jusqu'à la porte. Elle me salue, m'indique de lui téléphoner aussitôt que possible et sort avec ce sourire révélateur du genre j'ai passé la plus belle soirée de ma vie. Mon petit doigt me dit que ce soir, elle n'a pas pensé du tout à Jérôme!

Dès que la porte se ferme derrière elle, mon cousin se dépêche de grimper les marches pour me rejoindre. Je vois dans ses yeux qu'une tonne de questions lui traversent l'esprit.

- Euh… il y a longtemps que tu la connais, Noémie?

- Je l'ai rencontrée quelques mois après être déménagée.

- Elle est dans la même année que toi?

- Oui. As-tu faim? On va grignoter quelque chose.

Bon, je sais, ce n'est pas correct de ma part de changer de sujet aussi rapidement. Je pourrais lui parler davantage de Noémie puisqu'il semble lui porter de l'intérêt. Mais bon, il faut bien qu'il travaille un peu!

J'ai offert à Noémie de nous

accompagner aux glissades d'eau. Elle a accepté sans hésiter. Quant à y être, j'ai aussi demandé à Antoine. Au cas où j'aurais à jouer au chaperon! Bon, connaissant mon amie, ça n'arrivera pas, mais toutes les raisons sont bonnes pour que mon amoureux m'accompagne! De toute façon, je veux passer le maximum de temps avec lui avant de partir pour la Californie.

Ma mère nous y dépose donc et viendra nous prendre en fin de journée pour que nous puissions profiter de cette merveilleuse journée ensoleillée.

Antoine et Raph semblent bien s'entendre et ça me fait plaisir. L'opinion de mon cousin m'importe. Ils ont beaucoup de plaisir. Peut-être un petit peu trop… tellement que parfois, Noémie et moi, nous nous retrouvons seules! Les deux gars avaient l'air de vrais gamins à courir d'une glissade à l'autre. C'est à un de ces moments que Noémie s'est – enfin!

– confiée à moi.

- Ton cousin... il est très bien.

- Très bien dans quel sens?

Il n'y a que mon amie Noémie pour qualifier un gars de très bien. La plupart des filles diraient qu'il est *hot*, *cool* ou bien à la limite charmant. Mais très bien? On dirait un prof commentant le résultat d'un test de math!

- Tu sais, du genre intéressant... Il est plus vieux donc plus mature, et beau, et...

- Et surtout, il reste loin d'ici. Il va repartir dans quelques jours... Ne t'attache pas trop parce que...

- Je le sais très bien, mais j'ai le droit de le trouver *cute* quand même!

Oh là là! C'est rare que Noémie a ce genre de commentaires. Elle doit le trouver de son goût, vrai! Sauf que je sais ce que c'est les amours d'été... Ça peut blesser. Ou elle peut avoir de mauvaises surprises. Et je n'ai pas le goût que ça se produise avec mon cousin parce que c'est vrai que je serais prise dans une situation inconfortable. Je peux bouder Jérôme par solidarité, mais mon cousin, j'en suis moins sûre!

Elle renchérit avec LA question fatidique :

- Est-ce que tu sais ce qu'il pense de moi?

Mais en vérité, je ne sais pas du tout ce qu'il pense d'elle, même si j'ai un très, très gros doute. Alors je ne peux quand même pas lui mentir en lui disant ce qu'il ne m'a pas dit. Je ne me risque pas, au cas de mal interpréter les questionnements de mon cousin deux jours plus tôt.

- Il a posé des questions sur toi. Mais je n'en sais pas plus.

- C'est tout?

- C'est tout.

Elle se tortille les pieds dans ses sandales. Ça y est, elle va me le demander. Je la vois venir. Aïe! Je ne veux plus jouer les entremetteuses. C'est arrivé avec Jérôme et je me sens encore coupable de toute cette histoire. J'essaie de faire diversion.

- Où sont les gars d'ailleurs?

Noémie ignore complètement ma question. Je ne suis même pas sûre qu'elle l'ait fait volontairement. Elle a tellement l'air dans la lune depuis qu'elle a vu Raphaël pour la première fois.

- Est-ce que tu peux tâter le terrain et savoir ce qu'il pense de moi... Tu sais, je ne voudrais pas faire de rapprochement si je n'ai aucune idée... Déjà que je me suis plantée avec Jérôme, je ne voudrais pas manquer ma chance à nouveau.

Woah! C'est mon amie Noémie qui parle? Que se passe-t-il avec elle? Où a-t-elle trouvé cette confiance en elle? Dans sa boîte de céréales ce matin? Cette histoire avec Jérôme l'a vraiment secouée!

Je ne peux quand même pas lui répondre non, car je sais qu'elle ferait tout pour moi. Alors, même si je n'ai pas le goût de m'en mêler, encore une fois, je vais me retrouver au centre des histoires de cœur de mon amie.

- Je peux bien m'informer. Mais je ne te garantis rien, OK? Et ensuite, je ne m'en mêle plus!

- Merci, tu es une vraie amie!

Après avoir fait quelques glissades de plus, nous devons nous arrêter pour rejoindre ma mère. Quand nous déposons Noémie, je crois voir mon cousin lui faire un clin d'œil en la saluant. Est-ce que je rêve ou il lui sort le grand jeu de la séduction?

Chapitre 7

Pourquoi pas?

Hier, j'avais une mission à accomplir : savoir si Raphaël trouvait ma meilleure amie de son goût. Aujourd'hui, je n'ai même pas le temps de rapporter les résultats de mon enquête à Noémie que, déjà, les choses ont progressé entre eux. Je viens à peine de mettre le DVD dans le lecteur. Nous n'en sommes encore qu'aux *preview* du film : mon cousin et ma meilleure amie se tiennent la main, bien écrasés dans le sofa. Je n'en crois pas mes yeux! Je ne sais pas qui a fait les premiers pas, mais Mimi doit jubiler en ce moment.

Par terre, je suis appuyée contre Antoine sur un minuscule matelas aplati par notre poids. Ce soir, nous avons décidé de faire une soirée cinéma-maison. Tout le monde était enchanté par l'idée. Nous avons fermé les rideaux et le salon du sous-sol s'est transformé en salle de cinéma.

Je sais que je ne suis même pas supposée avoir remarqué que Mimi et Raph se tiennent par la main puisque je regarde un film collé sur mon amoureux. Mais c'est plus fort que moi. Je me retourne sans cesse et regarde du coin de l'œil ce qui se passe. Ce sont deux personnes que j'affectionne vraiment et je veux leur bonheur!

Et je l'avoue, je suis trop curieuse. J'essaie vraiment très fort de m'améliorer, mais New York ne s'est pas construit en un jour… à moins que ce soit Rome qu'on dise? De toute façon, je n'arrive pas à m'empêcher de les espionner. Les premières fois que j'ai essayé d'observer discrètement (bon, discrètement, c'est un grand mot!) Antoine a contrecarré mes plans en m'embrassant. Mais je pense qu'il s'est tanné parce que je suis vraiment tenace.

J'ai fini par me raisonner en me disant que si Noémie voulait que ce soit Raphaël le premier gars qu'elle embrasse dans sa vie, eh bien je peux comprendre. Raphaël est un beau gars et surtout, il est très gentil.

Il est encore ici pour quatre jours, elle est mieux d'en profiter et ne pas attendre son départ de Sainte-Patrie. Et pour une fois, je vais me mêler de mes affaires pour vrai... Mais ça ne m'empêche pas d'espionner quand même!

Peut-être que grâce à Raph, Mimi oubliera Jérôme pour de bon, se défâchera et qu'ils redeviendront amis. Car même si Antoine ne le dit pas, je sais qu'il trouve pénible que nos amis ne se parlent plus. Noémie est ma meilleure amie et Jérôme le sien. Depuis l'histoire au parc, ils ne se sont pas adressés la parole. Même que nous avons croisé Jérôme l'autre jour dans la rue et mon amie l'a complètement ignoré. Alors la situation est loin d'être rétablie et nous (Antoine et moi!) sommes pris entre l'arbre et l'écorce. J'espère que les choses vont se régler rapidement parce que tout le monde se sent coincé dans cette histoire.

Peut-être que Noémie et Jérôme sont faits pour être amis seulement finalement et qu'Antoine et moi devons nous y faire.

La semaine est déjà passée, mon cousin a repris la route avec sa mère pour Montréal. Mon amie m'a d'ailleurs plutôt surprise. Elle a passé, semble-t-il, une semaine de rêve avec mon cousin. On aurait dit un vrai couple. Mais quand est venu le temps du départ, elle n'a même pas versé une larme. Elle est restée très calme, ils se sont promis de s'écrire. La lucidité de Noémie m'abasourdit : je m'attendais tellement à une crise de pleurs de sa part. Je pensais que j'étais pour la ramasser à la petite cuillère. Mais non, rien! D'un calme saisissant.

Raph et Noémie se sont serrés bien fort, ils se sont embrassés. Puis il est parti, l'air un peu penaud. C'est tout ce qui s'est passé. Noémie n'a pas pleuré, Raph a quitté sans faire de vagues.

D'ailleurs, en mettant les pieds dans la maison ce matin, Noémie me présente son idée géniale. Elle a un méga dictionnaire à la main. En voyant ça, je m'exclame, avant même de la saluer :

- Tu es dingue, Noémie Pelletier! Penses-tu vraiment que j'ai le goût d'étudier du français pendant l'été?

- Bien sûr, c'est si *cool*... Ça va passer le temps.

Je la dévisage plusieurs secondes. Ouach! Elle est complètement folle! L'amour ne lui a pas fait, elle, c'est certain!

- Ben non! Je te fais marcher. C'est un dictionnaire, mais pas celui que tu penses.

Je fronce les sourcils. Je ne comprends

pas où elle veut en venir là. Elle me montre cet énorme bouquin qu'elle tient dans ses mains.

C'est un dictionnaire de cartomancie.

- On va se tirer aux cartes!

- Exact, Kel.

- Woah! Il y a tellement de choses que j'aimerais savoir. Allez, viens, on va s'installer dans ma chambre, comme ça, on va avoir la paix.

Je ne me suis jamais fait tirer aux cartes. Mes parents ne veulent pas que je paie pour ce genre de choses. Mais comme ça, entre amis, ça ne coûte rien alors ils ne peuvent me reprocher quoi que ce soit.

Il paraît qu'il est possible de dire l'avenir grâce à la carto-machin-chouette. Je ne sais pas si c'est vrai, mais nous n'avons rien à perdre!

Noémie s'installe avec les cartes et le

dictionnaire de signification des cartes.
Elle commence par me dire mon avenir et
moi, j'apprends comment faire pour lui
révéler le sien à mon tour.

- Voici trois cartes. Tu dois poser une
question.

- Est-ce qu'Antoine et moi serons
ensemble encore longtemps?

- Hum, laisse-moi voir.

J'attends impatiemment que mon amie
me dévoile tout.

- À ce que je comprends des cartes, il y
aura plusieurs garçons dans ta vie.

- Quoi? Antoine n'est pas le bon gars?

Bon, je sais, je suis un peu jeune pour
penser à me marier. Mais je ne vois pas
avec qui d'autre qu'Antoine je pourrais
passer ma vie. Nous nous complétons si
bien, alors je ne peux m'imaginer être avec
un autre gars que lui.

- C'est nul! Je veux poser une autre question.

- OK. Vas-y. Quelque chose dont la réponse sera facile à décoder. Genre une question oui ou non.

- Laisse-moi réfléchir. Je n'ai pas trop d'idées... Euh... Est-ce que je resterai à Sainte-Patrie toute ma vie?

Noémie tourne trois cartes. Elle plonge dans son dictionnaire et me regarde du coin de l'œil.

- Si je me fie aux cartes qui sont sur la table... non.

- Ok, c'est à ton tour! Donne-moi les cartes. Demande quelque chose.

Pour commencer, Noémie pose des questions plutôt légères. Du style « Est-ce que Khelia sera dans ma classe à son retour de Californie? » ou bien « À quel âge je vais rencontrer l'homme de ma vie? » « Est-ce que je vais revoir Raphaël? » Les réponses nous font rigoler.

Mais quand elle demande cette information si sérieuse, je me sens vraiment mal à l'aise.

- Est-ce que ma mère sera encore malade?

Je décide de tout arrêter à ce moment-là. Il y a des choses dans la vie qu'on préfère ne pas savoir, et celle-ci en est une.

Je prends les cartes et les mélange dans le paquet.

- C'est assez, Mimi. Je crois que tu vas trop loin. On est mieux d'arrêter.

- Je m'excuse. Tu as raison.

C'est là que je vois que mon amie n'est pas tout à fait rétablie de ce qui s'est passé chez elle. Je comprends qu'elle a encore besoin de moi et que mon amitié est plus importante que jamais en ce moment.

Chapitre 8

Anticipation

Depuis qu'Ève, la cousine de Joanie, a disparu, j'ai le nez rivé à la télé avec mes parents à l'heure du bulletin de nouvelles. Je n'ai pas un intérêt soudain pour l'actualité, mais je m'inquiète vraiment pour cette fille – que je ne connais même pas. En fait, je me sens interpellée parce qu'elle est à la même école que moi.

Ils ont enfin retrouvé la fille en question, après plusieurs jours de recherches interminables. Les parents s'attendaient au pire : la retrouver morte. Finalement, il s'agissait une fois de plus d'une fugue, ce qui a permis à tout le monde de reprendre son souffle.

Je ne comprends pas trop ce qui peut pousser quelqu'un à agir de la sorte. Ses parents étaient morts d'inquiétude, même la police a été mobilisée pour la retrouver. Et elle, elle finit par réapparaître dans le décor comme si de rien n'était. Ne se soucie-t-elle pas des autres autour d'elle?

Je vois maintenant pourquoi Joanie ne parle pas vraiment à sa cousine... qui est plutôt bizarre.

Samuel ne comprend pas trop notre intérêt pour cette nouvelle et c'est bien correct ainsi. En fait, j'aimerais bien qu'il soit à l'abri d'histoires sombres comme celles-là. Il vit déjà assez de malheurs pour son jeune âge. Si nous pouvons lui éparger ces histoires d'horreur, c'est tant mieux!

- Viens Sam, allons nous baigner. Ça sera plus intéressant que d'écouter ces trucs.

- *Cool!* Le dernier rendu à la piscine sent la canne de bines!

Pendant que je patauge dans la piscine avec mon faux petit frère, Antoine apparaît de l'autre côté de la clôture.

- Qu'est-ce que tu fais là?

- Je m'ennuie.

Je m'esclaffe :

- Voyons! On s'est vus hier!

- Je prends de l'avance.

- Hein?

- Tu pars dans quatre jours. Quatre jours! Je vais m'ennuyer tous les minutes, c'est certain. J'aime aussi bien en profiter avant que tu t'en ailles.

Je me dirige vers l'échelle de la piscine, grimpe et agrippe ma serviette. Je m'assois dans la chaise longue et continue de surveiller Samuel. Antoine vient s'installer à côté de moi.

- On se parlera souvent sur Internet. Tu m'enverras des courriels. Ces trois mois passeront vite. Et quand je vais revenir, on sera encore plus amoureux parce qu'on va s'être ennuyés.

J'avoue que moi aussi j'ai peur de cette distance qui nous séparera. Même si je sais que je ne pars pas pour toute la vie. Je vais rencontrer des gens nouveaux et lui restera ici... Mais nous nous aimons et nous allons tout faire pour que ça fonctionne.

Antoine me prend dans ses bras. Au même moment, des larmes montent à mes yeux. Mais je ne veux pas que mon amoureux s'en aperçoive, car il verra que moi aussi je doute de ce qui s'en vient.

C'est plus fort que moi, mes yeux se remplissent d'eau et je respire fort en essayant de cacher mes pleurs. Antoine se rend compte de mon chagrin. Ma margoulette se fait aller sans même que j'aie le temps de réfléchir aux mots qui vont franchir mes lèvres.

- Si tu savais comment j'ai peur de partir dans cet univers totalement inconnu. Je ne connais personne là-bas et les autres à l'école ne parleront pas un mot de français. Je serai seule là-bas pendant tout ce temps et toi ici, avec ton ex qui te tournera autour. Tu auras le temps de m'oublier... Je capote!

Pour une fois, Antoine se fait rassurant.

- Khelia, c'est toi que j'aime. Je vais t'attendre, tu le sais. Quand je t'ai laissée, je n'étais pas convaincu d'être amoureux de toi. Mais là, j'en suis persuadé.

Sur ce, il m'embrasse tendrement pendant de longues secondes. Je me sens déjà mieux, mais le combat des papillons dans mon estomac est toujours là, lui...

Je suis à la veille de mon départ et mes parents ont insisté pour que nous passions la soirée en famille. J'aurais bien aimé la passer avec mes amis et surtout, mon chum. Mais je ne pouvais quand même pas faire une crise à mes parents, avec tout ce qu'ils ont fait pour moi cet été, ce serait très ingrat de ma part. C'est pourquoi j'ai accepté tout sourire de passer la soirée avec eux.

Alors, mes parents nous invitent, Sam et moi, à manger à ce merveilleux restaurant que j'adore... habituellement. Mais ce soir, je trouve l'ambiance nulle, que la bouffe goûte bizarre et j'ai mal au ventre, ce qui m'empêche de profiter de ma soirée. Ma mère dit que c'est le stress, moi je pense que c'est la tristesse et ma joie de partir qui s'affrontent dans mon ventre. Je me demande bien laquelle des deux va gagner cette bataille!

Avant le dessert, le téléphone de mon père sonne. Une urgence au travail, il doit absolument partir. Notre souper de famille se termine donc entre ma mère, Sam et moi. C'est vraiment nul. Pour ma dernière soirée à Sainte-Patrie, je trouve ça moche que mon père soit forcé de s'en aller à cause de son foutu boulot. Mais je ne peux quand même pas me fâcher pour ça, je dois faire preuve de plus de maturité quand même. Pour nous laisser la voiture, mon père part donc en taxi vers l'hôpital et nous laisse seuls devant le menu des desserts.

Je dois dire que ça gâche un peu ma soirée, mais je me contente de faire une petite moue quand il m'embrasse sur le front.

- Ma chérie, je vais aller te réveiller quand je vais rentrer cette nuit. Je t'aime.

Je le regarde sortir du resto. Ma mère essaie de me faire sourire :

- Ma chouchoune, que veux-tu faire ensuite?

- Bah, je pense qu'on pourrait simplement rentrer à la maison. Écouter un film, ça serait ben correct pour moi.

J'ai le cafard. Pourtant, je serais censée être la fille la plus heureuse du monde en ce moment. Mais j'ai plutôt le goût de pleurer. Le cœur me serre et ma mère s'en aperçoit.

- OK. Commandons notre dessert et partons ensuite.

Malgré mon état morose, je commande le gros gâteau chocolat-caramel illustré sur le dessus du menu. Le chocolat, ça aide toujours à retrouver le moral quand on se sent un peu à plat. Nous quittons le resto une demi-heure plus tard, le ventre bien rempli.

Aussitôt que nous arrivons à la maison, ma mère nous propose :

- Allez mettre vos pyjamas, je prépare le maïs soufflé. On choisira un film ensemble.

Je traîne les pieds dans les escaliers. J'ai toujours le moral à terre. J'ouvre la lumière du salon en bas, car c'est très sombre et je ne veux pas trébucher.

- SURPRISE!

- AH!!!

C'est tout ce qui sort de ma bouche. Noémie, Joanie, Antoine, Jean-Thomas, et même Jérôme, sont là. Le band de Tommy est installé avec ses instruments. Mon père, dans le coin, sourit à pleines dents, fier de m'avoir bernée.

Ma deuxième réaction : je me mets à pleurer. J'ai l'air d'une vraie nouille plantée là, les joues mouillées de larmes, mais je m'en fous. Mes amis me prennent dans leurs bras tour à tour.

Je suis la fille la plus comblée du monde entier! Je n'en reviens pas que tous les gens que j'aime soient là.

Mes parents savaient que je tenais à voir tous mes amis avant de partir. Comme j'ai manqué un peu de temps, j'ai pu voir seulement Noémie. Et bien sûr Antoine.

Mais pas autant que je l'aurais voulu. Alors cette fête, c'est tout ce qui manquait pour combler mon bonheur dans ma vie qui roule si bien en ce moment! Et ça me fait oublier mon angoisse pendant quelques heures.

La soirée est parfaite. J'ai le temps de parler avec mes amis, mes parents se sont esquivés afin que tout le monde se sente à l'aise.

Vers minuit, Antoine part avec Tom, ce qui met fin à la fête. Il ne reste que Noémie qui, elle, passe la nuit à la maison. Ma mère nous prépare une collation. Nous avons installé un grand matelas par terre, dans le salon du sous-sol, où nous allons dormir.

- Et puis, as-tu eu des nouvelles de mon cousin?

Les joues de mon amie rosissent.

- Euh, quel cousin?

- Arrête de me niaiser. Est-ce que Raph

t'a écrit quelque chose? Je n'ai pas eu de nouvelles de mon côté en tout cas...

- Oui... il m'a écrit.

- Hein? Il t'a envoyé un courriel et tu ne m'as rien dit?

Noémie devient rouge-écarlate-prête-à-exploser.

- En fait, c'est plus qu'un courriel... On s'écrit presque tous les jours.

- Je veux des détails!

- On va rester de bons amis je crois et qui sait, peut-être qu'un jour nos chemins se recroiseront.

- *Cool!* Et... ce soir, as-tu parlé à Jérôme?

- Un peu, mais on ne s'est pas dit grand-chose. Juste assez pour qu'il comprenne que je ne suis plus vraiment fâchée.

Je suis si contente que mon amie ait enterré la hache de guerre. Elle n'aurait pas pu me faire plus plaisir avant de partir.

- Toi, avec Antoine, ça se passe comment?

- Il m'a dit que je n'avais pas à m'inquiéter. Il m'aime vraiment, alors je crois qu'il va m'attendre.

- Mais toi, de ton côté?

- Il n'y a pas de doute! Je l'aime moi aussi.

- On dirait bien que vous êtes faits pour être ensemble, vous deux!

- Je l'espère bien. Je suis contente que tu passes la nuit ici parce que je suis tellement énervée que je ne suis même pas sûre d'arriver à dormir.

- Si tu savais comme j'aimerais être à ta place!

- Tu me donnes une idée. Si on commence à mettre de l'argent tout de suite de côté, on pourrait organiser un voyage, toutes les deux, pour nos dix-huit ans.

- Ce serait tellement *cool!*

- Si on met dix dollars par semaine de côté, on pourrait y arriver!

- Marché conclu!

Nous avons fini par nous endormir vers les trois heures du matin, exténuées.

Chapitre 9

Ce n'est qu'un au revoir

Vêtements, brosse à dents, brosse à cheveux, produits coiffants, espadrilles, sandales, maillots de bain. Trois maillots de bain. Je vérifie mes valises pour la sixième fois. C'est quasi obsessif mon affaire. Je prends l'avion demain matin à Montréal. Seule. Je suis si énervée. Dans tous les sens du terme. Je ne tiens plus en place; j'ai tellement hâte de mettre le pied en terre californienne, mais en même temps, je suis si nerveuse.

Cet avant-midi, Antoine est passé à la maison avant mon départ pour Montréal. Mes parents se sont éclipsés pour que nous soyons seuls un moment. Là, j'ai un peu paniqué.

- Euh, Kel…

Antoine a la larme à l'œil. Je vois dans son regard qu'il est triste comme jamais. De le voir ainsi, je n'arrive pas à retenir mon naufrage à moi. Je me mets à pleurer en silence. Je déteste ça! Je ne suis pas capable de me contrôler et d'étouffer mes larmes dans des instants comme ceux-là. Ma mère dit que c'est parce que je suis une personne transparente. Ça m'énerve. Si je suis heureuse, la planète en entier le saura, mais c'est aussi la même chose quand j'ai le cœur gros comme un gratte-ciel de cent vingt-huit étages.

- Avant que tu partes, j'aimerais te donner un petit quelque chose pour que tu penses à moi durant ton séjour là-bas.

Il sort une petite boîte bleue de sa poche avant de reprendre :

- Voilà, c'est pour toi.

Je prends la boîte dans mes mains. J'ouvre tranquillement le couvercle.

- Wow, c'est magnifique, Antoine!

Au bout de mes doigts pend une délicate chaîne argentée.

- Attends, il y a plus!

Antoine prend le pendentif en forme de cœur dans ses mains et l'ouvre. De chaque côté du cœur, on peut glisser une minuscule photo. Dedans, il a déjà mis la sienne et il reste un endroit vide pour que je mette une autre photo – sûrement celle de mes parents.

Je repars à pleurer de plus belle, incapable de retenir mes émotions à cause de ce superbe moment romantique avec mon amoureux.

- Merci mille fois. Je vais penser à toi chaque instant avec ce cœur à mon cou.

- Je vais m'ennuyer de toi à mort, ma belle.

- Moi aussi. Mais je suis sûre que ces trois mois vont passer très vite.

- Pas pour moi. Mais je vais t'attendre.

Mes yeux se sont remplis d'eau à

nouveau en moins de temps qu'il n'en faut pour crier pantoufle. Je vais avoir pleurer plus souvent en deux jours que je le fais habituellement en un an!

- Je vais t'écrire tous les jours. Et t'appeler aussi souvent que je le peux. Je te le promets.

Mes parents ont fini par sortir de la maison. Ma gigantesque valise essaie de suivre derrière eux.

- On doit y aller, Khelia, si on ne veut pas arriver trop tard chez ta tante.

En fait, je dors chez mon cousin ce soir, car je prends l'avion tôt demain. Mes parents ont décidé d'en profiter par la même occasion pour visiter la famille. Comme Sam n'a jamais été à Montréal de sa vie, il est très heureux de pouvoir mettre les pieds dans la grande ville.

Je donne un dernier bisou à Antoine et j'embarque enfin dans la voiture. Je n'ai jamais eu les sentiments aussi mélangés de toute ma vie. Je suis si excitée de quitter enfin le pays... mais je suis si triste de laisser temporairement mes amis, mon amoureux, ma petite vie ici. Mon coeur bat à m'en sortir de la poitrine en plus.

Je glisse mon MP3 sur mes oreilles pour que le trajet passe plus vite. Je me perds rapidement dans le sommeil car j'ai toujours le goût de dormir en auto. La route passe plus vite ainsi et j'ai moins le temps d'imaginer les trois prochains mois qui s'en viennent.

Quelques heures plus tard, nous sommes attablés chez tante Jiji à dévorer un délicieux souper. J'essaie de tirer les vers du nez à Raph à propos de Noémie, mais il ne veut rien dire.

Sa mère s'en mêle en disant que depuis qu'ils sont revenus de Sainte-Patrie, Raphaël a le regard flou... Il ne lui a pas parlé de Noémie, mais elle se doute bien qu'il y a de l'amour dans l'air. Et mon cousin sait se faire discret par rapport à ses histoires amoureuses.

Je préfère rester bouche cousue sur le sujet. Par le regard de Raph, je comprends de toute façon qu'il me fait confiance pour que je garde le silence sur ce qui s'est passé – et se passe peut-être encore! – entre ma meilleure amie et lui.

Je me couche tôt car je sais que je dois me lever vers six heures demain matin. Je tourne de tous bords, tous côtés, incapable de trouver les bras de Morphée.

Onze heures.

Je gigote. Je me lève pour faire pipi et boire un peu d'eau.

Minuit.

Je panique, je ne dors pas encore! Calme-toi. Respire par le nez un peu.

Une heure.

Je compte les moutons. Cent vingt-huit, cent vingt-neuf. Je n'en peux plus. Tout le monde a trouvé le sommeil dans la maison, sauf moi. Je n'en peux plus, je dois absolument dormir!

La dernière fois que je jette un coup d'oeil au réveille-matin, il est une heure trente-sept.

Assise sur un de ces bancs si inconfortables de l'aéroport, je gigote sur place. Je balance mes jambes, me tortille un peu. Je n'en peux plus d'attendre.

Ma mère avait des mouchoirs plein les mains et des larmes plein les yeux. Mon père s'éclaircissait la voix entre chaque phrase tellement il avait de l'émotion pris dans la gorge. Moi, j'essayais de rester calme, entre le goût de crier de joie et de pleurer de panique. Mon père a répété mille vingt-huit fois : « Ma grande fille qui part. Je ne peux pas le croire. » Moi non plus, je n'y crois pas! Du haut de mes quinze ans, mes parents me laissent quitter le Canada pour aller apprendre l'anglais. Ils sont fous de me laisser partir! J'aimerais que ma mère me prenne par la main et me ramène à la maison. Mais je sais très bien que c'est une idée complètement absurde. Mes parents me font suffisamment confiance pour m'envoyer dans un autre pays, je dois leur montrer qu'ils peuvent être fiers de leur fille unique. D'un autre côté, je suis certaine que je vais vivre l'expérience de ma vie la plus mémorable et je ne veux changer de place avec personne au monde. Mais je prendrais bien une petite dose de courage en plus! C'est tout de même une transition brutale que je vis en ce moment!

Mes parents m'ont quittée aux portes

de sécurité. Après un au revoir qui n'en finissait plus, j'ai passé toutes les mesures de sécurité, comme une grande fille.

Mais là, assise seule à attendre l'avion, je panique. Je me sens si vulnérable, si seule et surtout, si anxieuse. C'est quoi cette idée de m'en aller là-bas, toute seule? Comment je pouvais être enthousiaste de partir ainsi à l'autre bout du monde pour trois mois, où tout le monde parle une langue que je ne maîtrise pas?

OK! Arrête, Khelia, prends sur toi une fois pour toutes! Ce combat dans ma tête est en train de m'étourdir!

Enfin, l'embarquement débute. Je prends mon sac à dos, range mon lecteur MP3 et m'approche de la dame qui s'occupe de vérifier les billets. Une longue file de gens s'étire devant elle. Je me place donc en rang et enfin, après plusieurs minutes, je suis assise dans l'avion. Quelle chance, je me retrouve du côté hublot. Je regarde le sol s'éloigner rapidement, jusqu'à ce que les lacs ressemblent à des flaques d'eau.

Je n'ai pris l'avion que deux fois seulement et ça fait déjà un bon moment. Les deux fois, il s'agissait de voyages que mes parents avaient organisés. Sauf que là, je suis toute seule. Terriblement toute seule et ça rend le vol encore plus angoissant. Mon voisin est quand même sympa, mais je n'ai pas vraiment le goût de jaser avec quelqu'un qui pourrait être mon grand-père…

Il est maintenant dix heures au Québec (donc sept heures du matin en Californie!) et l'agente de bord apporte des déjeuners et des collations à grignoter. Je ne sais pas si c'est le sandwich-déjeuner qui n'est pas bon ou bien si c'est la nervosité qui me coupe l'appétit, mais je n'arrive pas à manger. Le temps passe à une vitesse de tortue!

Truc vraiment trop-*hot*-méga-génial, chaque siège a sa propre petite télé. Je ne savais pas que les avions étaient équipés ainsi maintenant! OK, j'avoue que je me souviens à peine des autres fois où j'ai pris l'avion. Et ils étaient beaucoup moins récents que celui-ci. Je peux choisir de regarder un film ou une série télé. Habituellement, ce genre de bidule électronique m'aurait tenu occupée des heures. Mais là, je suis tellement nerveuse que ça ne me tente pas du tout de regarder quoi que ce soit. Ce serait pourtant le moment idéal de faire passer le temps plus rapidement… mais je n'ai pas la tête à ça.

Dans une semaine, je serai assise dans une classe où je ne comprendrai pas la moitié de ce que dira le prof en avant… ou plutôt, le *teacher*. Je panique rien que d'y penser. Je serai assise à un pupitre entouré d'inconnus qui parlent seulement anglais. Torbinouche! Même si j'entends la voix de ma mère me dire que ce sera l'expérience la plus formidable de ma vie, jusqu'à maintenant, c'est celle qui m'a donné le plus mal au ventre… et ce, en comptant toutes les jours de ma vie sans en exclure un! Même le premier jour à la polyvalente de Sainte-Patrie ne m'a pas angoissée comme ça : au moins les autres élèves parlaient le même langage que moi!

Sapristi! J'ai renversé du jus sur mon jeans. Je dois me lever et me rendre à la minuscule toilette de l'avion, et ce, sans accrocher les deux passagers à côté de moi qui semblent dormir à poings fermés. Eh zut!

Quand je suis stressée, je fais gaffe par-dessus gaffe. Nulle!

Je dois apprendre à respirer par le nez, parce que même si je suis un vrai paquet de nerfs, le voyage ne passera pas plus vite.

Enfin, le méga engin volant de métal

s'approche de la piste d'atterrissage. Il n'y aucun nuage dans le ciel alors je peux admirer ce nouveau paysage auquel je dois m'habituer. Ma ceinture bien attachée, j'ai l'impression que mon estomac va exploser tant il y a des milliers de papillons qui se foncent dedans à l'intérieur. Je suis si nerveuse de déposer ma valise dans cette gigantesque ville... anglophone. Mais je dois m'y faire, ce sera mon chez-moi pour les trois prochains mois!

Table des matières

À venir :

Le monde de Khelia :
Carnet de voyage
(tome 7)